CHAPITRE 1

Ce matin-là, le prince Pierre-Marie joue aux billes dans la salle du trône. C'est là qu'il joue tous les matins avec son amie Javotte, avant le conseil des ministres.

Pierre-Marie s'applique pour bien viser, quand le sol se met à trembler.

– Qu'est-ce que c'est que ce bazar ? Les billes bougent ! s'écrie le prince en levant la tête.

Il n'en croit pas ses yeux : tous les infirmiers du palais transportent sur leurs civières des gens qui se tordent de rire.

– Ils n'ont pas l'air très malades, dit Javotte.

– Que se passe-t-il ? demande Pierre-Marie.
– Silvio Rigolado est dans notre royaume. Cet homme connaît la blague la plus drôle du monde ! répond un infirmier. Ceux qui l'entendent sont pris d'un fou rire et ne peuvent plus s'arrêter. Ils finissent tous par mourir d'épuisement.
Puis l'infirmier repart en courant.
Le prince, tout en réfléchissant, dit :
– Gardes ! Capturez Silvio Rigolado, et amenez-le-moi.
Une heure plus tard, les gardes amènent Silvio Rigolado. Il se jette à genoux devant le prince :
– Pitié, mon prince…

LA BLAGUE LA PLUS DRÔLE DU MONDE

d'Arnaud Alméras
illustré par Laurence Cleyet-Merle

– Est-il vrai que tu connaisses la blague la plus drôle du monde ? demande Pierre-Marie.
– Oui, mon prince, je n'ai pas pu résister à l'envie de la raconter ! Pardon, mon prince...
Dans la salle du trône, le prince se penche à l'oreille de son ministre et chuchote.
Le ministre se penche vers le prince et chuchote à son tour. Puis le prince dit à ses gardes :
– Mettez-le en prison !
Toute la nuit, le prince Pierre-Marie se tourne et se retourne dans son lit. Il se dit : « Oh ! comme j'aimerais connaître cette histoire... »

CHAPITRE 2

Le lendemain, il va voir son amie Javotte.

– Tu te rends compte ! Il connaît la blague la plus drôle du monde, ça doit être extra-super-génial-méga-sublime-hyper-écroulant, cette histoire !

– Pierre-Marie, tu es trop curieux ! Si tu entends cette histoire, tu vas rire sans pouvoir t'arrêter, et tu finiras par en mourir !

Pierre-Marie n'est pas content :

– Je veux connaître la blague la plus drôle du monde, un point c'est tout ! Je me retiendrai pour ne pas rire, et il ne m'arrivera rien.

– Mais personne ne peut résister ! insiste Javotte.

Alors Pierre-Marie s'écrie :
– C'est simple, je vais faire un entraînement d'antirigolade et comme ça, je pourrai connaître la blague de Silvio Rigolado.
Javotte n'en croit pas ses oreilles :
– Un entraînement d'antirigolade ? Qu'est-ce qu'il raconte ?

Ce soir-là, Pierre-Marie fait venir le cuisinier :
– Dis-moi, cuisinier… tu fais assez mal la cuisine…
Pierre-Marie continue :
– Mais il paraît que tu racontes très bien les histoires drôles. Je veux que tu m'en racontes une tous les matins.

Le cuisinier répond :
– Mais mon prince…
– C'est un ordre ! dit Pierre-Marie en tapant du pied.
Alors, le cuisinier raconte une histoire. Le prince se concentre, il se bouche le nez… mais éclate de rire.
– Merci, cuisinier, dit-il, à demain.
Puis il fait venir sa femme de chambre :

– C'est bien toi qui t'occupes de mes édredons et de mes oreillers ? C'est toi qui les remplis des plumes d'oie les plus douces ?
– Oui, mon prince.
– Tu viendras me voir tous les jours avant le déjeuner. Tu me feras des chatouilles sur le ventre avec une plume d'oie.

Chapitre 3

La femme de chambre n'en croit pas ses oreilles :

– Mais mon prince…

– C'est un ordre ! dit Pierre-Marie en tapant du pied.

Alors la femme de chambre saisit une belle plume, retrousse ses manches et chatouille le prince sur le ventre. Le prince éclate de rire. Aussitôt, la femme de chambre s'arrête et dit :

– Oh ! pardon, mon prince.

– Continue, continue ! Il faut que je m'entraîne ! ordonne Pierre-Marie.

Ensuite, il appelle son professeur de piano.
– Léonie, tu es habile de tes doigts, n'est-ce pas ?
– C'est ce que l'on dit, mon prince.
– À partir d'aujourd'hui, tu vas me faire des chatouilles sous les bras, tous les jours.
– Mais mon prince…
– C'est un ordre ! dit Pierre-Marie en tapant du pied.
Alors Léonie retrousse ses manches, et chatouille le prince qui se tortille énormément en riant :
– C'est affreux ! C'est abominable !
Aussitôt, Léonie s'arrête et dit :
– Oh ! pardon, mon prince.
– Continue ! Il faut que je m'endurcisse.
À la fin de l'après-midi, le prince Pierre-Marie appelle son meilleur berger.
– Tu sais faire obéir tes chèvres, n'est-ce pas ?
– C'est ce que l'on dit, mon prince.

– À partir d'aujourd'hui, tu viendras tous les jours avant le dîner avec ta chèvre la plus docile. Et tu lui feras lécher la plante de mes pieds.

Le berger est stupéfait :
– Mais mon prince…
– C'est un ordre ! dit Pierre-Marie en tapant du pied.
Alors le berger va chercher sa chèvre la plus docile et lui fait lécher la plante des pieds du prince. Le prince hurle de rire :
– Arrête, arrête, je n'en peux plus.

Vite, le berger éloigne la chèvre.
Le prince dit :
– Continue, continue, il faut que je m'entraîne !
Ce jour-là dans le palais, tout le monde répète la même phrase : « Le prince est devenu fou, il se fait chatouiller toute la journée ! »

CHAPITRE 4

Jour après jour, à force de se retenir, Pierre-Marie arrive à ne presque plus rire aux histoires drôles du cuisinier. Et quand on le chatouille, il se tortille bien un peu, mais aucun éclat de rire ne sort de sa gorge.
Javotte est inquiète :
– Pierre-Marie, je trouve que tu deviens triste. Pense à autre chose que cette histoire, et amusons-nous comme avant.
Mais Pierre-Marie n'a plus qu'une idée en tête. Il sent que le grand jour approche. Il décide de faire un dernier test : vêtu de son maillot de bain, il se fait chatouiller par la femme de chambre, la pianiste et la chèvre en même temps !

Au bout d'une heure, le prince n'a même pas souri.
Alors il ordonne :
– Prenez les plumes les plus chatouillantes, et recommencez ! Berger, fais venir une deuxième chèvre, qu'elles me lèchent les deux pieds en même temps !

Tous se mettent à chatouiller le prince de plus belle… Au bout d'une heure, il n'a même pas souri.
Pendant qu'on le chatouille, le prince appelle le cuisinier :
– Raconte-moi tes meilleures blagues ! ordonne-t-il.
Mais au bout d'une heure, le prince n'a même pas souri. Alors il s'écrie :
– Ça y est ! je suis prêt… Je vais enfin connaître la blague la plus drôle du monde !

Le prince, se sentant parfaitement entraîné, dit à ses gardes :

– Qu'on m'amène Silvio Rigolado !

Quand Silvio arrive, le prince lui ordonne :

– Raconte-moi ton histoire, et tu seras libre.

Silvio Rigolado hésite un peu, puis commence à raconter sa blague.

(Cher lecteur, je ne peux pas te la raconter, tu risquerais d'attraper un fou rire qui ne pourrait plus s'arrêter.)

Chapitre 5

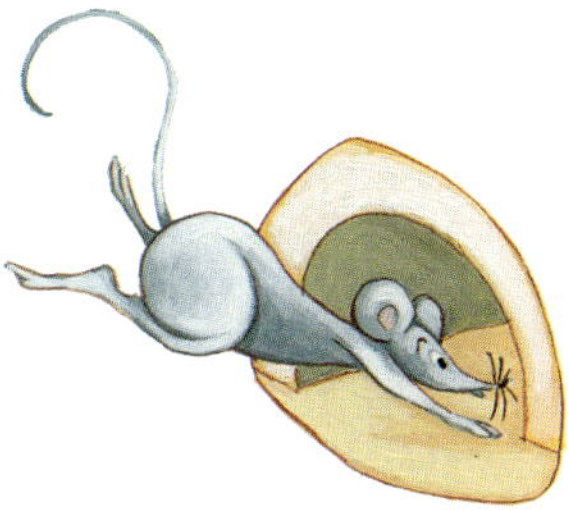

Quand Silvio Rigolado a terminé, un grand silence envahit la pièce. Puis, lentement, le visage de Pierre-Marie devient écarlate, ses joues se gonflent, et ses oreilles tremblent. Il se met à gigoter sur son trône en se bouchant le nez. On entend alors un bruit qui ressemble au hennissement d'un cheval enrhumé, pendant que la sirène des pompiers retentit : c'est le rire de Pierre-Marie. Tout le château tremble, et les gens crient :

– C'est un tremblement de terre !

Mais Javotte comprend :

– Ça y est, Pierre-Marie n'a pas résisté !
Elle se précipite vers la salle du trône. Quand elle entre, le prince, allongé par terre, hurle de rire.
– Pourquoi n'as-tu pas voulu m'écouter ? demande-t-elle à Pierre-Marie.
Il ne peut plus lui répondre.

Les gardes le posent sur une civière et le portent jusqu'à son lit.
Javotte appelle les médecins les plus fameux du royaume. Ils froncent les sourcils, tâtent le pouls de Pierre-Marie et discutent beaucoup.

– C’est un phénomène inexplicable,
dit l’un.
– C’est un inexplicable
phénomène, dit l’autre.

– Je pense qu'il rira tant qu'il continuera à rire, dit le dernier… Et qu'il ne rira plus s'il s'arrête de rire, ajoute-t-il.
Puis ils repartent, laissant le prince se tordre de rire sous sa couette.
On aurait dit une grosse tortue sur un ressort.

Chapitre 6

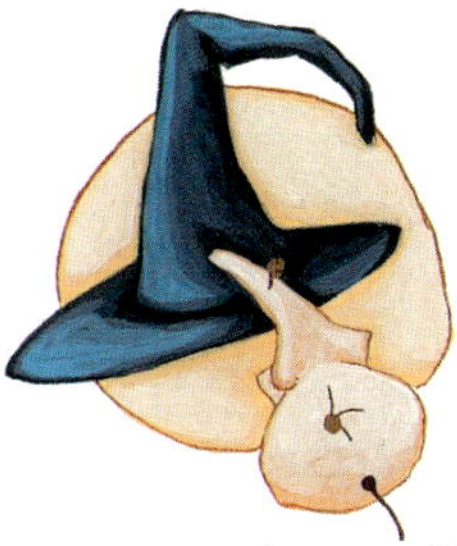

Le prince rit depuis trois semaines. Il ne peut ni dormir, ni manger. Javotte est désespérée :

– Mon pauvre Pierre-Marie. Ah ! si tu n'étais pas si curieux !

Elle cherche un moyen de le sauver : « Si je lui racontais une histoire qui fait peur ? »

Elle s'approche de lui et commence :

– Il était une fois un petit garçon perdu dans la forêt. Il était poursuivi par un ogre, un monstre poilu, un squelette et…

– Ha, ha, ha ! répond Pierre-Marie.

– Essayons autre chose, soupire Javotte.

Elle court chercher son masque de sorcière et entre dans la chambre en criant :

– Par les poils de mon menton, je vais te transformer en cornichon !

Mais le prince rit toujours. Javotte se gratte la tête :

– Et si je le grondais ? Pierre-Marie, tu es un imbécile d'avoir voulu connaître cette histoire. Je t'avais pourtant prévenu !

– Ha, ha, ha ! répond le prince en se tenant les côtes.

Javotte est de plus en plus désespérée :

« Je ne peux rien faire pour lui. Il va finir par mourir de tant rire ! »

Elle s'assied au pied du lit et se met à pleurer. Ses sanglots parviennent aux oreilles du prince. Alors à son tour il devient triste, si triste que son rire diminue. Il cesse de se tortiller de tous les côtés, ses éclats de rire se font plus rares.
Bientôt sa tête sort de sous la couette. Il s'assied sur son lit, et ne rit plus du tout. Les gardes se précipitent et découvrent Javotte et Pierre-Marie qui sourient, côte à côte sur le lit. Les gardes courent annoncer la grande nouvelle dans tout le palais :
– Le prince est guéri ! Le prince est guéri !

Chapitre 7

À peine guéri, le prince est tellement épuisé qu'il s'endort. Une semaine plus tard, il se réveille enfin et dit :

– J'ai faim.

Il fait apporter tout ce qu'il y a dans les cuisines du château, et il mange toute la journée !

Une fois rassasié, le prince se rend compte que Javotte est assise à côté de lui.

– Ma Javotte ! s'écrie-t-il… Grâce à toi, je l'ai échappé belle ! Si j'avais écouté tes conseils…

– J'espère, au moins, que te voilà vacciné contre la curiosité, soupire Javotte.

– J'ai reçu une bonne leçon, et je m'en souviendrai, tu peux me croire !
Alors le visage de Javotte s'illumine d'un grand sourire.
– Et pour fêter ma guérison, j'organise un grand bal mercredi soir !
Le prince fait venir le grand orchestre des Musicola Radada pour faire danser ses invités.

Le cuisinier a fait d'énormes gâteaux. C'est la plus belle fête qu'on ait vue depuis longtemps.
Soudain on entend un grand remue-ménage. Les infirmiers du palais traversent la salle en courant. Ils portent des civières recouvertes d'une montagne de couvertures tremblantes. On voit juste dépasser une main, un pied, ou un nez tout bleu.

Le prince Pierre-Marie est très intrigué. Un infirmier lui explique :
– Silvio Froussado est dans le royaume... Cet homme connaît l'histoire la plus terrifiante du monde. Tous ceux qui l'entendent se mettent à trembler et à claquer des dents sans pouvoir s'arrêter. Ils finissent par mourir de froid !
Le prince murmure :
– L'histoire la plus terrifiante du monde... J'aimerais bien la connaître ! Oh ! comme j'aimerais la connaître !
Alors le prince quitte le bal en courant et crie à Javotte :
– Je vais commencer tout de suite un entraînement antifrousse !

Loi 49.956 du 16.07.1949
Dépôt légal : 3e trimestre 1999
ISBN : 2-84113-899-2
Imprimé en France par Pollina - N° 77979 K